AF401271

CAHIERS DE LA PETITE-FUSTERIE

ALBERT THIBAUDET

ÉTRANGER

OU

ÉTUDES DE LITTÉRATURE ANGLAISE

PARIS
LIBRAIRIE J. BUDRY & Cie
3, Rue du Cherche-Midi

ÉDITIONS DE LA PETITE-FUSTERIE

Georges OLTRAMARE

Un Pamphlétaire, un Pamphlet

Fr. 1.—

Henri MUGNIER

De mon village à votre ville
ou la lettre aux Genevois.

Fr. 1.—

René D. JEANDRÉ

Contes des Cabanes et des Sommets

Fr. 2.50

René D. JEANDRÉ

Histoires de Malades et de Médecins

Fr. 2.50

Jean VIOLETTE

La Danseuse et le Coquebin

Fr. 1.50

Noémi REGARD

Chants très doux   Fr. 2.—

ÉTRANGER

ALBERT THIBAUDET

ÉTRANGER

OU

ÉTUDES DE LITTÉRATURE ANGLAISE

GENÈVE
ÉDITIONS DE LA PETITE-FUSTERIE
1925

PRÉFACE

Les cinq études réunies dans ce volume, et toutes parues dans la *Nouvelle Revue Française,* concernent la littérature anglaise. Je suis un critique français, des écrits et des hommes français, et le temps me manque un peu pour me répandre avec abondance et large compétence sur les littératures étrangères. Je ne puis les suivre dans leur détail. J'y fais mes lectures et mes découvertes au petit bonheur, à des moments de vacances et avec des billets d'aller et retour.

Je me contente de corner quelques cartes à l'adresse de nos voisins. En voici une pour mes amis d'Angleterre. Il me paraît tout à fait charmant de la déposer dans une boîte aux lettres aussi élégante que la salle d'ombrage, de livres et d'eau qu'est la place de la Petite-Fusterie.

Que ma feuille de platane y tombe légèrement !

LE CENTENAIRE
D'HERBERT SPENCER[1]

L'Angleterre célèbre, ces deux années 1919 et 1920, le centenaire de deux écrivains non peut-être ses plus importants, mais dont l'influence sur l'Europe a été la plus vive : Herbert Spencer et George Eliot. L'un et l'autre sont devenus européens dans la mesure même où ils étaient fortement anglais. Ils appartiennent à l'ordre de ces inventions, nées de conditions et de nécessités anglaises, comme le régime parlementaire et la grande industrie, implantées dans le monde comme des réalités universelles. Leur centenaire, comme naguère le cinquantenaire de Sainte-Beuve, ne doit pas être une manière de fermer leur tombeau, mais une occasion d'inventorier leur héritage.

Plus d'un lecteur, pensant ici à Spencer, est peut-être déjà surpris. Spencer a dérogé

[1] De la *Nouvelle Revue Française* du 1er janvier 1920.

à la coutume qui veut que la plupart des
philosophes aient été de médiocres écrivains,
car il en fut, lui, un tout à fait mauvais.
De plus, s'il est aujourd'hui une philosophie
complètement abandonnée, c'est bien la
sienne. Elle apparaît à tous comme une
généralisation superficielle, dont on ne peut
retenir que des vues de détail, ingénieuses et
souvent justes, en psychologie et en sociologie. Les *Premiers Principes* et les nombreux
volumes de morale n'ouvrent au lecteur
qu'un vide d'où se dégage de l'ennui. Je ne
dis point qu'il n'y ait encore des hommes à qui
le système de l'évolution, entendu, en dépit
de l'*Inconnaissable*, comme un matérialisme
intégral, n'apporte une pleine et permanente
satisfaction de leurs besoins intellectuels.
Il y en a certainement en France. Le premier
pays où l'on traduisit Spencer ce fut la
Russie, et cela paraît bien naturel : un
évolutionnisme tout en affirmations, joint
à un matérialisme économique pris de Marx,
peut fournir là-bas le même aliment national
qu'autrefois l'orthodoxie raide et figée de
Byzance. En tout cas cela n'est pas fait pour
notre occident. Reste-t-il donc de Spencer,
à ce centième anniversaire, autre chose

qu'un nom et qu'une place dans un passé qui n'est plus ?

Oui. Il reste ceci, que le cerveau de l'homme fonctionna de façon originale et curieuse et nous fournit un type de vie philosophique que peut-être nous ne trouverions pas ailleurs. Il reste surtout que la plus vivante des philosophies actuelles, celle de M. Bergson, est pensée en partie sous l'action directe de Spencer. M. Bergson, en réagissant contre l'évolutionnisme de Spencer, a sauvé de cet évolutionnisme ce qui pouvait être sauvé et en a maintenu vivantes quelques parties. La réflexion sur la durée, d'où est né le bergsonisme, ne pouvait pas ne pas suivre une philosophie qui, comme celle des *Premiers Principes*, fait de la réalité un développement dans la durée. Schopenhauer estimait que toute philosophie de l'évolution repose sur une impossibilité, car elle admet la réalité du temps, alors que la philosophie moderne est fondée depuis Kant sur l'idéalité du temps. Spencer, qui n'avait jamais pu dépasser les premières pages de la *Critique de la Raison Pure*, ne s'est jamais posé ce problème, mais il était nécessaire qu'il fût posé dans toute sa vigueur le jour où l'évolutionnisme tomberait entre les mains d'un philosophe complet et d'un métaphysicien de la grande espèce. Le bergsonisme est né d'une réaction contre Spencer, mais une telle réaction ne peut se produire qu'à l'égard d'une philosophie qui travaille sur un terrain analogue, qui traite des mêmes problèmes, et qui les a souvent elle-même posés. Spencer lui-même avait trouvé dans Comte un stimulant du même genre : « C'est mon opposition à certaines de ses vues, dit-il, qui m'a fait développer certaines des miennes. On se rend compte de ce qu'il faut penser quand on voit ce qu'il ne faut pas penser ». Nulle part mieux qu'entre Spencer et Bergson n'apparaît la nécessité de cette « étape » qui est aussi vraie dans le domaine des pensées que dans celui des êtres sociaux. A ce titre la place de Spencer n'est pas négligeable dans la suite philosophique du XIXe siècle. N'oublions pas d'ailleurs les services que son postulat évolutionniste a rendus pendant trente ans, de 1870 à 1900, dans bien des ordres d'études. Il est possible que Brunetière par exemple l'ait appliqué en critique littéraire avec une naïveté un peu tranchante et sommaire. Il en a charpenté du moins quelque chose qui se tient et qui fait encore penser, et l'on imagine fort bien une critique qui soit demain à l'*Evolution des Genres* ce que Bergson est au *Système de philosophie évolutionniste*. Brunetière ne pourrait en tirer qu'un honneur nouveau, pareil à celui que ce centenaire nous permet de rendre à Spencer.

Si c'est surtout à une philosophie qui les rectifie profondément que les idées de Spencer doivent de rester aujourd'hui jusqu'à un certain point mêlées à notre air intellectuel, le meilleur hommage à lui rendre dans cette occasion n'est peut-être pas d'insister sur ces idées. Son centenaire ne saurait être pour nous une occasion de procurer des lecteurs à ses livres, et d'inciter des gens de bonne foi à perdre leur temps (tout le volume des *Principes de Sociologie* sur les *Institutions Cérémonielles* est cependant intéressant à feuilleter et fort suggestif). Heureusement il y a l'homme, qui fut un vrai philosophe, et dont la personnalité mérite la plus curieuse attention.

J'ai l'air d'avancer deux paradoxes. On semble penser aujourd'hui, et on a même pensé autrefois, qu'il manquait à Spencer beaucoup des traits du véritable esprit philosophique. Et quant à sa personnalité, elle ne nous est connue que par son *Autobiographie*. Or j'ai vu toujours qu'elle passait pour le plus étrange amas de puérilités et de niaiseries, où un homme ait jamais tenté de résumer son passage sur cette pauvre planète ; et je crains bien que, si vous la lisez, vous ne soyez de cet avis. Je crois pourtant que ces jugements seraient téméraires, et qu'il y a lieu, pour un Spencer comme pour un Kipling, de desserrer notre concept latin, un peu étroit, de la vie philosphique et de la littérature.

Etrange philosophe, dit-on ,que cet homme qui paraît n'avoir jamais lu un livre de philosophie écrit avant lui ! Il a commencé plusieurs fois la *Critique de la Raison Pure*. Il n'a jamais pu dépasser les premières pages, parce que, dit-il, il ne pouvait admettre l'idéalité du temps et de l'espace. Lisez qu'il était incapable de faire l'effort élémentaire de la philosophie critique. Il s'est aussi essayé à Platon : « A plusieurs reprises j'ai essayé de lire tantôt tel dialogue, tantôt tel autre, et j'ai toujours posé le livre avec une impatience venant de l'imprécision de la pensée et de l'habitude de se payer de mots, rebuté aussi par la forme vagabonde de l'argumentation ». D'une santé assez compliquée, ne pouvant jamais se trouver devant le papier et le livre plus de deux ou trois heures par jour, il lisait très peu. Il était étonnamment incapable d'effort, et, comme le Sybarite, souffrait littéralement beaucoup au seul spectacle d'un homme ou d'un animal surmenés. L'effort qui consiste à suivre le raisonnement d'autrui lui était particulièrement dur. Rien d'étonnant à ce qu'il n'ait à peu près rien lu en philosophie, sinon quelques résumés d'Auguste Comte par Henriette Martineau et quelques pages de son ami Stuart Mill.

On peut dès lors le ranger dans une section de la philosophie que j'appellerais, si l'on veut, le coin des illettrés, ou des autodidactes. N'allez point la mépriser. Descartes s'est donné beaucoup de mal pour s'y faire admettre sous un déguisement, pour feindre d'avoir oublié tout ce qu'il avait eu le malheur de lire, et pour donner comme fruit unique de sa méditation solitaire dans les poëles son abondante mémoire scolastique. Ce coin comprend d'abord et surtout les mystiques, hommes et femmes, ignorants sublimes qui rejoignirent par les seules effusions de leur

cœur la haute philosophie d'Alexandrie.
Parmi les profanes on y verrait des hommes
comme Charles Fourier et même Saint-Simon,
qui avaient des parties si remarquables de
métaphysiciens mystiques. Pourquoi pas, si
l'on veut, la « philosophie » de Victor Hugo
dont Faguet se gausse, mais qu'un Renouvier
sait apprécier et même admirer ? Une han-
tise puissante des grands problèmes suffit,
en dehors de toute connaissance positive, à
dégager une phosphorescence philosophique
authentique. Evidemment le roc et le noyau
de la philosophie ce sont ses grandes écoles,
ses génies éclairés, ses Raphaël et ses Ingres,
ses Léonard et ses Rubens, mais elle comporte
aussi ses Courbet, au delà desquels on avise
encore dans de vagues ténèbres quelque
douanier Rousseau et bien d'autres gabelous
et loups-garous.

Bien entendu qu'il ne faudrait pas forcer
la comparaison. Retenons-en simplement que
Spencer est, seul à peu près à notre époque,
un philosophe (accepté comme tel par les
gens de métier) qui n'a pas lu les philosophes,
qui n'a jamais eu la curiosité de les lire. Dans
sa jeunesse, déjà préoccupé des problèmes
auxquels il dévoua sa vie, il ne songea jamais

à ouvrir seulement un livre d'une lecture aussi facile que les *Essais* de Locke, qui se trouvaient dans la bibliothèque de son père. Mais au contraire de ceux dont ce trait unique a pu nous le faire rapprocher, il est à peu près au courant des sciences physiques et naturelles de son temps et sa curiosité d'esprit est très vive. Dans quelle direction s'exerce-t-elle donc ?

La vérité est que cet individualiste maniaque, ce célibataire renforcé n'a jamais pu s'intéresser à la philosophie, mais à sa philosophie, ce qui est fort différent. « Généralement, sinon toujours, dit-il, un sujet ne m'a semblé intéressant que du moment où j'avais trouvé en moi-même une conception originale s'y rapportant. Tant que je n'y voyais qu'une série de conclusions tirées par d'autres et que j'avais à accepter simplement, je n'éprouvais généralement qu'une indifférence comparative. Mais lorsqu'une fois avait jailli en moi une idée nouvelle, ou que je supposais être nouvelle, ayant rapport au sujet, une avidité à trouver des faits pour servir de matériaux à une théorie cohérente naissait en moi ». Il a vécu dans son idée et, non dans celles d'autrui. « Tout ce qui res-

semble à la réceptivité passive est étranger
à ma nature ; et il en résulte que je ne suis
pas sujet à être impressionné par la pensée
des autres ». Le mot d'original, au sens vul-
gaire et satirique, semble fait pour lui.
Jamais, dit-il, il ne s'est rallié à une doctrine
antérieure par déférence ; toujours au contraire il s'est défendu contre ce genre de
dépendance en cherchant et en marquant
ses différences d'avec autrui. « Quand je
cause, ma tendance critique me pousse constamment à découvrir des motifs de me sépa-
rer de mon interlocuteur plutôt que des
motifs d'acquiescer à ce qu'il dit. Il ne
m'arrive pas souvent de faire ressortir les
points sur lesquels je partage l'opinion de
quelqu'un ; mais je me suis toujours attaché
à faire ressortir les points sur lesquels je
m'éloigne de lui ». Il reconnaît maladive cette
tendance à la critique et à la défiance non
seulement devant les formes d'art, mais
devant les individus, et pense que c'est une
des raisons pour lesquelles il est resté célibataire.

Cela fait un bon type de philosophe, mais
ce philosophe tient de partout à une famille
et à une race. Les Spencer sont une famille

de méthodistes et d'indépendants, et les
oncles dont il fait le portrait constituent une
belle galerie d'originaux. Lui-même commença de bonne heure. Voici une note du
livre de famille, écrite par son père à son
sujet : « Un jour, lorsqu'il était encore tout
petit, comme il était assis près du feu, je
l'entendis rire soudain. Je lui demandai ce
qui le faisait rire, et il me répondit : Je me
demandais comment cela serait s'il n'y avait
que moi au monde ». A ses yeux de petit
enfant, c'était bien toute sa destinée qui
apparaissait, et qu'il acceptait en riant.
Peut-être quelqu'un en lui faisait-il ce choix
mystique des conditions que dit le mythe du
Xᵉ livre de la *République*. Il fut toujours
seul, il se voulut seul, le grand problème pratique fut pour lui l'existence et la défense de
l'individu.Ses premiers écrits furent des lettres
au *Non-Conformist* où il traitait la question de
l'individu et de la société, et tous ses derniers
écrits s'occupent du même problème. Il est
à ce point de vue comme à bien d'autres
l'antipode exact d'Auguste Comte. Son non-
conformisme sans dogme s'oppose très précisément au catholicisme sans dogme du philosophe français. Il finit dans un état d'isole-

ment moral qui rappelle vivement par le contraste ces dernières années de Comte, toutes déprises de l'individu et comme perméables déjà à la lumière du Grand-Être.

Il n'y a d'ailleurs, sous cet individualisme, à peu près aucune épaisseur de vie intérieure intense. La vie intérieure de Spencer ce sont ses idées. Il vit pour penser ces idées, pour faire connaître la théorie de l'évolution, et pour rien autre chose, semble-t-il. Un amateur d'hommes comme Montaigne ou Sainte-Beuve ne trouverait en lui rien qui pût retenir la curiosité psychologique, ni attirer l'analyse dans un vrai paysage moral. De là la sécheresse et la puérilité apparentes de son *Autobiographie*. Le respect de l'individu, en lui-même comme en les autres, mais de l'individu sain et fort et non du faible que la société doit laisser éliminer par la nature, le sacrifice de toutes les idées morales à la notion froide de justice, la perfection morale conçue comme l'adaptation mécanique de l'homme aux fins sociales, tout cela est bien conforme à cette tendance, tourne exactement le dos à l'homme intérieur. Il n'est donc pas étonnant que cette philosophie nous apparaisse comme le type de la demi-philosophie, comme une pensée à laquelle manque la troisième dimension. Il n'est pas étonnant que pour M. Bergson, qui dut lire, adolescent, Spencer avec le même intérêt que d'autres donnent à Jules Verne, le problème ait été de bonne heure de rejoindre les deux moitiés, les trois dimensions, d'intégrer la synthèse spencérienne dans cette philosophie traditionnelle pour qui l'être vrai c'est l'être intérieur, celui qui est donné dans le moment le plus aigu et le plus profond d'une conscience humaine.

Il va de soi que ce descendant des nonconformistes, demeure parfaitement étranger à toute idée religieuse. De là l'hostilité que l'Angleterre lui témoigna longtemps et qui accrut sa tendance à l'isolement. Après les *Premiers Principes*, une bonne partie des six cents souscripteurs qu'il avait péniblement recrutés l'abandonnèrent. C'est que le malheureux philosophe restait étranger au théïsme. Spencer avait pourtant pris ses précautions, exposé sa puérile théorie de l'Inconnaissable uniquement pour ne point être réputé athée et obtenir au moins la neutralité de l'Eglise établie. Peine perdue : l'agnosticisme suffit pour précipiter sur le nouveau système ce nuage épais du *cant*, frère jumeau du *fog* londonien, et qui le cacha longtemps aux regards. En 1880, comme Spencer faisait une excursion en Écosse, un pasteur, apercevant le nom de Spencer sur le registre de l'hôtel, frissonna, nasilla que l'Antéchrist se trouvait sous le même toit que lui, et convoqua une réunion de prières dans le billard comme mesure de désinfection. La publication matérielle du *Système de Philosophie* fut pourtant assurée par les efforts généreux de Stuart Mill et surtout par les dons d'admirateurs américains, et dans la dernière partie de sa vie Spencer finit tout de même par en tirer de quoi vivre.

Spencer connut dans sa jeunesse Carlyle et le vit quelquefois, mais l'état chronique de vaticination où vivait l'auteur du *Sartor* lui répugnait. « Il secrétait chaque jour, dit Spencer, une certaine quantité d'imprécations, et il lui fallait trouver quelqu'un ou quelque chose sur qui les déverser ». Il est heureux pour Spencer que Carlyle n'ait pas vécu assez longtemps pour assister à la naissance de sa philosophie : nulle philosophie n'était mieux faite pour exciter la bile du vieux dyspeptique et lui enlever l'embarras de chercher un destinataire à ses imprécations quotidiennes.

En matière de critique d'art, Spencer devient tout à fait réjouissant. Le goût que j'avoue pour son *Autobiographie* provient en grande partie de la magnifique sincérité qui lui permet d'étaler le pur et parfait philistinisme avec autant d'ardeur qu'en met un snob à cacher le sien. C'est aussi beau que *Bouvard et Pécuchet*. Il ignore complètement la littérature des classiques. C'est pourquoi il est monstrueux d'abrutir la jeunesse sur la langue et l'histoire de deux peuples aussi peu intéressants que les Grecs et les Romains. « Dans l'avenir cet état de l'opinion sera considéré comme une des aberrations les plus étranges par lesquelles l'humanité ait passé ». Quand Carlyle publie son *Cromwell*, Spencer écrit : « Il y a tant de choses dans ce monde actuel qui retiennent notre attention, que je ne vais pas passer une semaine à me faire une opinion sur le caractère d'un homme qui a vécu il y a deux siècles ». Et M. Homais ne pourrait rien penser de plus monumental que les pages de l'*Introduction à la Science Sociale* sur Frédéric II et Napoléon. Spencer n'a jamais pu aller au delà du sixième livre de l'*Iliade* et dit : « J'eusse mieux aimé donner une forte somme d'argent que de continuer jusqu'à la fin ». Il nous dit d'ailleurs quels sont ses goûts : il lui faut en art une secousse intense qui l'émeuve fortement. Comme M. Jourdain il aime la trompette marine. Il a voyagé en Italie et en Egypte, et ses impressions esthétiques ressemblent fort à celles qu'Alphonse Allais prêtait autrefois à Sarcey. Elles consistent surtout à maugréer contre les faux chefs-d'œuvre, à se demander ce que les gens peuvent voir de beau dans la Sixtine, dans la *Leçon d'Anatomie* ou dans la musique de Wagner.

Cette sincérité remplit l'*Autobiographie*. L'indépendance de Spencer ignore le mensonge et le déguisement. Ce n'est pas profond, mais c'est pur. Prenez un verre de cette eau claire après les *Mémoires d'outre-tombe*, vous enregistrerez une impression que Montaigne n'eût pas dédaignée et qu'il eût recueillie comme une leçon de probité. Quelques philosophes ont esquissé à un moment donné l'histoire de leurs idées : ainsi le Descartes du *Discours* et le Renouvier de l'*Esquisse d'une classification*. Presque aucun n'a écrit, avant Spencer, de Mémoires. Nous avons pourtant, pour mettre à leur rang ceux de Spencer, un terme de comparaison, ceux de Stuart Mill, qui sont d'un homme puissamment intelligent, et non, comme l'*Autobiographie*, d'un spécialiste borné et maniaque. On voit nettement en Mill un homme qui pense dans les trois dimensions, selon la grande tradition philosophique. Mais l'excentrique à la Dickens que laissent apparaître ceux de Spencer a bien aussi son intérêt savoureux.

Est-ce à dire que Spencer soit un excentrique de la philosophie ? La conclusion paraîtrait assez ridicule. L'homme et le philosophe peuvent demeurer ici assez indépendants l'un de l'autre. Schopenhauer, qui fut sur presque tous les points une tête philosophique puissante et géniale, finit dans la peau d'un prodigieux maniaque hoffmanesque. Si Spencer, lui, ne mérite pas une place dans l'ordre des grands philosophes complets, il reste ceci, qu'il fut un grand mécanicien, un grand systématisateur, un grand homme libre.

Un mécanicien d'abord et surtout. S'il appartient à une famille de disciples de

Wesley, il est lui, un disciple de la machine de Watt et sa pensée procède du cheval-vapeur. Il débuta dans les chemins de fer, et allait faire une belle carrière d'ingénieur civil quand il abandonna sa place pour s'occuper de recherches, qui n'aboutirent pas, sur les machines magnéto-électriques. Il resta toujours un mécanicien, préoccupé de toutes sortes de petites inventions qui étaient ingénieuses, mais qui ne réussissaient presque jamais, parce qu'il y manquait je ne sais quel tour de pure pratique. D'après le tableau assez complet qu'il nous donne de la marche de ses idées, ce n'est pas par la réflexion sur la vie qu'il a été conduit à la doctrine de l'évolution (bien qu'il se soit initié de bonne heure aux formules et aux théories de Milne-Edwards sur la division du travail physiologique), c'est par des considérations méca-niques, de longues réflexions sur le passage de l'homogène à l'hétérogène, la multiplication des effets, et enfin cette instabilité de l'homogène qui devient son idée maîtresse. Le système est achevé quand il l'a complété par l'idée de la redistribution d'une matière indestructible et d'un mouvement continu, réglés par le principe dernier de la conservation de l'énergie. Cette façon de penser *sub specie machinæ* est exactement le contraire du *sub specie vitæ* qui caractérise le bergsonisme, et ce contraste a puissamment servi à M. Bergson pour constituer et éclaircir sa doctrine. A ce mécanisme, se rattache toute la morale de Spencer, sa foi en la coïncidence mécanique graduelle de l'égoïsme et de l'altruisme, ce sentiment de la justice impersonnelle qui l'emporte chez lui, dit-il, sur tous les autres sentiments.

Mais ce mécaniste n'est pas un analyste pur. Concevoir les choses sous l'aspect de machines, c'est pour lui les concevoir sous la figure d'engrenages, de systèmes, où est appliquée et visible une loi générale. Son sens le plus développé est le sens de la causalité, la passion de rechercher les causes jusqu'au bout (jusqu'au bout mécaniquement, puisqu'il a autant le sens métaphysique qu'un aveugle a celui des couleurs). « Quoique j'aie d'ordinaire atteint inductivement mes conclusions, je n'ai pourtant jamais été satisfait tant que je n'avais pas trouvé comment on pouvait les atteindre déductivement ». La déduction seule conférera à son système le caractère architectonique non d'une œuvre d'art (et encore qui sait ? je vois bien que lorsque j'étais élève de philosophie les *Premiers Principes* me donnaient le genre de haute émotion qu'un Grec du V° siècle tirait du poème de Parménide), mais d'une belle machine. « Pendant ces tristes dernières années, j'ai éprouvé souvent de l'orgueil à voir chaque division et chaque partie de division s'adapter au reste, chaque élément remplir exactement sa place et aider à faire un tout harmonieux ». Spencer roulait spontanément sur cette pente, d'une manière que M. Bergson a relevée de façon définitive dans les dernières pages de l'*Evolution Créatrice*, et la faiblesse de cette philosophie toute conceptuelle malgré sa figure expérimentale est de manquer terriblement d'un noyau d'intuition. Huxley disait que le spectacle le plus tragique devait être pour Spencer d'assister à l'assassinat d'une déduction par un fait. Et George Eliot, lui entendant exposer sa façon de pêcher à la mouche artificielle, observait : « Vous êtes généralisateur si passionné que vous allez jusqu'à pêcher à la ligne avec un généralisation ».

Mais Herbert Spencer me paraît rayonner

étrangement par ceci, qu'au temps où Gladstone était le *great old man* de l'Angleterre, il en était, lui, le *great free man*. Ce maniaque est exactement le contraire d'un fanatique. Son libéralisme, fruit authentique du sol anglais, il l'a poussé par sa vie philosophique à une sorte d'état chimiquement pur, et il a, avec la même vigueur et la même loyauté qu'un philosophe grec, conformé sa vie à ses principes. Lorsqu'il chercha, n'ayant aucune fortune, les moyens de vivre nécessaires pour édifier en paix le système dont il avait conçu le plan complet, il songea à obtenir une place, mais ses idées sur la limitation des fonctions de l'état lui faisaient, dit-il, le choix très limité. Il ne pouvait songer qu'à un poste dans une des rares fonctions qu'il reconnût le domaine de l'Etat, celui d'inspecteur des prisons ou de distributeur de timbres. Ayant postulé ces places avec toutes sortes de certificats, il échoua, et il vécut d'une petite rente et du produit de son travail littéraire. Il déclare qu'il est le seul membre du *Blastodermic Club* (société de huit dîneurs mensuels parmi lesquels il y avait Huxley, Tyndall, Lubbock) à n'avoir été membre d'aucune société et à n'avoir jamais rien présidé. Ce n'est pas qu'il ait la puissante vocation de la vie philosophique : essentiellement c'est un individu qui a besoin de sa liberté, et qui concède aux autres toute la leur. Il représente cette sorte d'indépendance passive qui s'applique froidement à la recherche du vrai, non cette indépendance active qui s'attache comme un Montaigne à construire de soi une vie intérieure et vivante intense. Il a transporté dans la politique, la morale, l'esthétique et la philosophie, le vieux méthodisme, le non-conformisme de ses pères. D'un fonds profondément anglais, il a dit non à tout ce qui est grandeur extérieure et action de l'Angleterre. Deux vieillards en Europe, au commencement de ce siècle, avaient la même horreur de la guerre et de la violence : Tolstoï et lui. Pour Spencer l'Empire britannique, jusqu'à la guerre du Transvaal inclusivement, a été fondé par de purs flibustiers. Il n'entra dans la vie politique qu'une fois, en 1881, en créant avec quelques amis la Ligue contre les guerres offensives, et cet effort ruina sa santé, l'empêcha de travailler jusqu'à sa mort. Il est probable néanmoins qu'en 1914, il eût été nettement

et violemment pour la guerre : une telle horreur du militarisme ne fut-elle pas un des
éléments les plus puissants de la résolution
de vaincre où s'engagea l'Angleterre[1] ?

Cette liberté non-conformiste lui fait dire
bien des sottises en esthétique, bien des choses
profondes et justes dans l'ordre politique et
moral. (Il faut les chercher dans ses essais
plus que dans son œuvre systématique). Il
la garda vis-à-vis de cette société industrielle
dont il avait à un certain moment paru
devenir le philosophe. Dans son voyage
d'Amérique en 1882 il parla aux Américains
avec cette même vieille voix d'Europe que
plus récemment leur faisait entendre M. Fer-
rero. « On ne vit ni pour apprendre ni pour
travailler, mais on apprend et on travaille
pour vivre. Et j'ajoutais que l'avenir tient
en réserve un nouvel idéal, aussi différent de
l'idéal industrialiste que celui-ci est différent
de l'ancien idéal militaire ». Bien qu'aucun
Anglais n'ait vécu dans un état d'insularité
plus fermée et plus défiante, il fut néanmoins
un vrai et grand Européen. Et il nous offre
ce beau et curieux spectacle d'un homme qui

[1] Ecrit en 1920. Je serais un peu moins affirmatfi
aujourd'hui.

vieillit dans les plus pénibles manies d'un célibataire maladif sans abdiquer une parcelle de sa pure liberté d'esprit. On songerait, n'était la différence des tempéraments, à Rémy de Gourmont. Ces gens sont le sel de la terre. Il ne faut pas qu'il y en ait trop. Il faut qu'il y en ait. Il n'a jamais été plus nécessaire de les saluer au passage.

LE CENTENAIRE
DE GEORGE ELIOT[1]

Le centenaire de George Eliot, en nous occupant cette année en même temps que celui de Spencer, peut nous aider à reconnaître deux figures tout à fait contrastées de l'Angleterre, comme Eliot elle-même se plaît à en voir dans Tom et Maggie Tulliver. Autant Spencer paraît un mécaniste pur, mécaniste de la pensée et de la matière, sorte d'ingénieur philosophique et moral, portant de la nébuleuse primitive à l'Etat et à l'individu de demain un point de vue, une méthode, des manies d'ingénieur civil (les polytechniciens venus à la philosophie et à la littérature sont peut-être en France ses analogues les plus ressemblants), — autant Eliot paraît douée uniquement et exclusivement du génie de sentir et de créer la vie : l'un et l'autre se connaissaient, se fréquentaient, s'estimaient beaucoup, et la nature

[1] De *La Nouvelle Revue* du Ier février 1920.

de Spencer pour Eliot était un sujet d'éton-
nements et d'épigrammes sans fiel qu'elle ne
lui ménageait pas.

On trouve cependant entre eux une res-
semblance. J'ai dit quelle stupeur provoqua
chez beaucoup de lecteurs l'*Autobiographie*
de Spencer : on n'imaginait pas encore qu'un
philosophe pût se raconter lui-même avec
autant de platitude. J'ai dit que cette biographie tout de même m'intéressait fort,
mais je ne demande à personne d'être de
mon avis. On a publié, selon la coutume
anglaise, après la mort d'Eliot, sa vie et ses
lettres, avec des fragments de journal, le
tout formant trois copieux volumes. Il sem-
blerait qu'avec la vie intellectuelle et morale
si originale, si indépendante et si forte qu'a
menée George Eliot un tel livre dût offrir un
intérêt de premier ordre. Il n'en est rien, et
l'ouvrage ne s'élève pas beaucoup au-dessus
de celui où Spencer s'est exposé. Eliot et
Spencer appartiennent au type des écrivains
et des penseurs qui se mettent tout entiers
dans leur œuvre, se subordonnent et se sacri-
fient naturellement à elle, ne gardent pour
eux-mêmes qu'une part minime et toujours
décroissante de la richesse qu'ils créent et

répandent. Tel le caissier de la Banque de France, dont la signature garantit quarante milliards de billets, et qui arrive mal à doter ses filles.

A l'extrémité opposée on apercevra un Amiel, sorte de Roi Midas riche du prodigieux trésor intérieur que nous fait entrevoir le *Journal intime*, transformant en or tout ce qu'il touche, jusqu'au pain et aux fruits de sa table, incapable d'en tirer de la vie, de l'être, des œuvres. Entre les deux, l'équilibre parfait d'un Gœthe, et, à un moindre degré, la pénétration de l'œuvre et de la vie chez un Chateaubriand, un Sainte-Beuve, et même un Flaubert. Comparez George Eliot à George Sand : les romans de celle-ci nous paraissent aujourd'hui d'un intérêt secondaire, bien qu'ils ne méritent pas la profondeur de dédain injurieux où on les a capricieusement laissé tomber. Mais les dix volumes de son autobiographie et surtout l'abondante *Correspondance*, gardent encore dans leur masse diffuse la présence, le mouvement et le feu de la vie. La destinée littéraire de George Eliot fut exactement inverse. On songe devant elle à cet apologue de l'impératrice Élisabeth noté par Christomanos : « Je vis une paysanne qui distribuait la soupe aux valets : elle ne put remplir sa propre écuelle ».

* * *

La carrière littéraire d'Eliot serait un phénomène unique si celle de Rousseau n'existait pas. Comme Rousseau elle commence à écrire assez tard, — à trente-sept ans, ayant derrière elle l'acquis d'une vie riche, pleine, originale. Comme Rousseau, (un peu le Rousseau de la légende, j'en conviens) elle est déterminée à écrire par un hasard et nullement par une vocation intérieure ; elle vient de s'unir à Georges Lewes, et Lewes prétend qu'elle devrait rédiger ses récits, ceux-là sans doute qu'elle lui conte dans leurs soirées ; elle s'en défend, finit par essayer, et ce sont les *Scènes de la vie cléricale.* Comme Rousseau, le succès le plus enthousiaste l'accueille dès le début, la maintient à l'état de tension et de travail créateur, lui fait accumuler en l'espace de quelques années ses vrais chefs-d'œuvre, immédiatement dans toutes les mains. Comme Rousseau elle s'impose aux lecteurs, à son temps, par la seule force de son génie;

malgré la situation sociale la plus irrég-
lière, .vivant en union libre, dans le pays
même du *Cant*, avec un philosophe séparé
de sa femme et de ses enfants.. Elle-même
mettait d'ailleurs Rousseau au-dessus de
tous les écrivains. Mais là s'arrête à peu près
l'analogie. Autant Rousseau paraît un fiè-
vreux et un malade, autant George Eliot,
dans sa vie comme dans son œuvre, donne
une impression de santé et d'équilibre. Certes
la sensibilité affleurante et décevante, la
mobilité à l'état de passion et de tourment
qui font l'être du malheureux Rousseau, ont
existé dans la nature de celle qui a voulu se
peindre en Maggie Tulliver. Mais, elles ont
existé en sourdine, elles n'ont point résisté
à certaine nature souveraine qui les incor-
porait à sa lucidité et à son calme, elles ont
été surtout absorbées par la vie de création
littéraire. Si Rousseau est peut-être la première en date de ces victimes de la littérature qu'en France nous connaissons si bien,
Eliot fut au contraire sauvée par la littérature, promue par elle à la plénitude de la
destinée heureuse et normale qui lui conve-
nait. La littérature comme l'amour peut être
un fléau ou un bienfait. Elle redouble autour

d'un Rousseau les flammes de son enfer. Elle multiplie autour d'une Eliot les harmonies de la nature et de l'homme. Plus exactement, voyez ce que la littérature fait, pour leur tourment, des « quatre Sirènes » qu'étudie M. Maurras dans le *Romantisme féminin* : des femmes arrêtées en pleine émotion, en pleine vibration sensuelles. Son effet sur George Eliot fut bien différent, quoique encore très authentiquement féminin : la littérature fut sa maternité.

Une maternité morale dont l'effet ressemble à celui d'une saine maternité physique. La femme qui devient dans des conditions favorables mère et créatrice de vie entre généralement dans une phase de santé, de bonheur, d'action aisée, d'épanchement et de sourire qui disent oui à l'univers. Ce fut le cas de George Eliot. Ses livres naquirent en enfants frais et riches de pulpe comme le peuple des tableaux de Rubens. Ainsi s'explique en partie le sacrifice de son être à son œuvre, le sacrifice naturel de la mère aux enfants. On est choqué d'abord, en lisant ses fragments autobiographiques, de la voir si bien devenue une pure femme de lettres, s'intéressant surtout à ce qui comporte un rendement utile de production littéraire, laissant se stériliser à peu près les beaux champs de vie intérieure où elle avait vécu sa première existence. Ce sont là tout simplement des nécessités analogues aux nécessités maternelles. « Revenons à la réalité, disait Balzac. Parlons d'Eugénie Grandet ». La réalité de Silas Marner et de Romola comporte, comme celle des enfants qui croissent, tout un ordre de détails matériels, goûters à préparer ou bas à raccommoder, qui paraissent à une mère aussi essentiels que l'étaient autrefois pour elle les mots d'amour dans les orangers. Le brave Augier faisait du père de famille un poète. Bien plutôt c'est le poète qui doit se plier devant son œuvre à des devoirs de père ou de mère de famille.

George Eliot a cessé d'être intérieurement intéressante au moment où ses héros le sont devenus, où elle a éteint sa vie jusqu'à la modeste mesure d'une lampe de travail pour entretenir la flamme de la lueur. A vingt ans elle eût probablement écrit comme George Sand. Elle se fût mise entière et directement, d'une nature sincère et ardente, dans ses récits. Ses personnages, trop près de leur source, n'eussent pas vécu beaucoup plus que ceux de Disraëli. Mais les saisons se succédèrent en elle avec la lenteur, la régularité, la perfection même de la nature, et la récolte se fit par une pleine journée d'automne, dorée et tiède à point. Ses romans, ses héros, ses enfants elle ne les inventa pas, elle les tira de son souvenir. Elle raconta, avec le génie achevé de la transposition, elle-même, son frère, ses parents, ses voisins, le coin vivant d'humanité où cet être observateur et réceptif avait fait sa partie et tenu sa place. Tout cela fut dessiné selon une juste perspective, ni de trop loin ni de trop près, dans une transparence de poésie vraie et dans une lumière aussi substantielle que celle de Claude Lorrain ou de Hobbema. La vie réalisée et dégagée sous cette forme créatrice et maternelle, durant les belles années qui allèrent des *Scènes de la vie cléricale* à *Romola*, voilà l'ordre où Mary Evans mit au jour le meilleur d'elle-même, fut vraiment elle-même avec plus de vérité peut-être qu'elle n'en comportait aux temps de jeunesse où elle passait par ses grandes crises religieuses et morales.

* * *

La Russie ayant groupé ses grands romanciers dans l'espace à peu près d'une génération, il ne reste que deux littératures, la française et l'anglaise, pour avoir réparti sur deux ou trois siècles une suite serrée et continue, un peuple véritable de créateurs de vie. Si les Français sont plus artistes, si la vie qu'ils ont créée atteint des profondeurs uniques de subtilité et de raffinement, il semble bien que, malgré la présence ici d'un Balzac, d'un Stendhal et d'un Flaubert, la masse et la poussée de vie produites au jour par le roman anglais représentent quelque chose de plus touffu, de plus puissant, de plus irrésistible. Le don de construire et de mettre en valeur est moindre que chez les Français, mais l'énergie créatrice est plus intense dans son foyer, plus patiente dans sa durée, plus sûre et plus tendue sur la ligne du temps. Cette présence et ce respect du temps, voilà la marque authentique du grand roman anglais, et Eliot a sans doute été ici plus loin qu'aucun de ses compatriotes.

Ce trait rentre d'ailleurs dans un autre plus général. C'est presque un lieu commun

que de dire que l'Anglais est un homme et
l'Angleterre une nation pour lesquels la
durée existe, possède une vertu propre, crée
un droit, une vérité, une beauté. Il n'en a
sans doute pas été toujours ainsi, mais la
psychologie de l'Angleterre moderne, telle
qu'elle ressort par exemple de ce pharisien
de Macaulay (au moins aussi typique de
l'autre côté du détroit que Thiers et que
Michelet chez nous) et telle que aussi Taine
l'a éprouvée poétiquement dans sa matinée
d'Oxford, comporte comme une vérité la
croyance à la durée, et comme une vertu la
soumission à la durée. Il est peut-être naturel
que la philosophie bergsonienne se soit si
fortement implantée en pays anglais.

Le roman français a toujours une tendance
à imiter la tragédie française, à éliminer ou
tout au moins à ramasser la durée, à contrac-
ter le personnage dans une figure plastique,
dans un caractère fixe, et son action dans
la peinture d'une crise. Stendhal plus que
tout autre sait s'installer dans la durée ;
la séduction de la *Chartreuse* provient en
partie de ce que les personnages, et surtout
Fabrice, y durent réellement, continûment,
et que, par un miracle d'art spontané, l'iso-

chronie semble parfaite entre le déroulement
du roman et le déroulement normal de la vie ;
Fabrice et la Sanseverina n'y sont jamais
posés du dehors, mais l'auteur paraît les
laisser construire par la durée qui les porte
et les événements qui les forment. Ils n'en
vivent pas moins, le livre une fois fini et
fermé, avec une intensité unique ; mais on a
senti cette vie se déposer, se former, cris-
talliser sans hâte, au fur et à mesure des jours,
des circonstances et des péripéties. Il n'en
va pas de même du *Rouge et Noir*, où dès le
début les personnages sont affirmés beaucoup
plus entièrement, et où Julien (fort justement d'ailleurs, car les conditions de ce
roman sont tout autres que celles de la *Chartreuse*) ne comporte pas ce mûrissement de
Fabrice dans son jardin d'Italie. Les romans
de Balzac isolent des tranches déterminées
et décisives d'existence. Et à vrai dire Flaubert dans *Madame Bovary* et dans l'*Education
Sentimentale* suit bien en somme la durée
lente et progressive d'un personnage, mais
l'exception confirme singulièrement la règle,
puisque cette durée même est prise comme
un élément de caractère, un principe de nihi-
lisme, que, rigoureusement, pour Flaubert,

un être qui dure c'est un être qui se détruit, et que ces deux romans sont comme le tableau clinique de cette destruction. Même remarque pour les Goncourt et Alphonse Daudet, qui ne représentent presque jamais (passez tout en revue depuis *Charles Demailly* jusqu'à *Port-Tarascon*) que des êtres qui se détruisent, que des durées qui se défont, si l'on peut appeler durée ces tableaux successifs, saccadés et sans continuité des Goncourt, diamétralement opposés aux « suites » anglaises.

Observez que si ce sens et ce besoin de la durée font la solidité du roman anglais, ils ont rendu les Anglais peu capables d'écrire la nouvelle courte (alors que les Américains y ont si bien réussi), — la nouvelle courte, triomphe du conteur français et que nous voyons chez nous les plus médiocres produire chaque jour pour les journaux avec une sorte de tour de main héréditaire. C'est qu'ici la durée ne paraît plus un flot qui nous porte ; mais au contraire un obstacle qu'il faut vaincre en y jetant rapidement un pont.

La durée du roman anglais ne défait pas, ne détruit pas, elle construit, comme fait chez nous celle de la *Chartreuse de Parme*.

Les personnages, de l'enfance à la mort, naissent, grandissent, deviennent hommes, jouent leurs rôles, disparaissent; mais, quand ils se sont évanouis, il subsiste derrière eux de l'humanité et de la beauté, de l'essentiel et du plein. Leur vie, quel que soit son détail minime ou misérable, quels que soient l'ironie et le sourire de l'auteur, c'est néanmoins quelque chose d'arrivé, de sérieux, d'unique, que nul autre n'aurait pu vivre à leur place, de même que nul autre n'eût pu écrire à la place de l'auteur l'analogue d'une œuvre de génie. Le réalisme et le naturalisme français, qui racontent des échecs avec une joie secrète et dure, font au contraire de la durée vivante quelque chose qui aurait dû ne pas être. Ils la nient du point de vue du droit avec la même âpreté minutieuse qui la leur fait analyser du point de vue du fait. Tous leurs récits pourraient porter un titre analogue à celui d'une œuvre de Tourgueneff (qui eut fort bien conscience de cette tragédie littéraire) : *Journal d'un homme de trop*. Chez Eliot au contraire comme chez de Foë, Thackeray, Dickens, Meredith, Hardy, vous ne trouverez jamais un homme de trop. Au nom de quoi, sinon de l'orgueil ou du rêve, jugerions-nous qu'un homme, nous ou autrui, est de trop ?

Telle est donc l'essence du roman anglais, et surtout de celui d'Eliot : une durée humaine, acceptée comme la seule et la pleine réalité, enregistrée et suivie avec la longue patience sympathique d'un génie consubtantiel à la vie qu'il pénètre (je ne cherche pas ici d'expressions bergsoniennes, mais je les vois sans regret venir d'elles-mêmes sous ma plume.) Dans ces dimanches de George Eliot, où se réunissaient autour d'elle et de Lewes les plus libres esprits de l'Angleterre, Mill, Spencer, Tyndall, Huxley, et où les problèmes se discutaient avec tant de calme et de sérieux, il est probable que l'évolutionnisme spencérien, apparemment doctrine de la vie, devait être spontanément critiqué et rejeté par Eliot du point de vue même de cette vie et de cette durée que son génie créait et respectait : de sorte qu'un philosophe, en accouchant socratiquement la pensée d'Eliot, en eût tiré avec une certaine précision et un certain détail l'idée de cette opposition établie par M. Bersgon entre l'évolutionnisme mécanique et la création vitale. Les choses ne se passent-elles pas dans l'*Evolution Créatrice* selon le même rythme que dans *Adam Bede* et le *Moulin* ? — Justement, c'est que l'*Evolution Créatrice* est un roman, un beau roman. — C'est surtout qu'un roman d'Eliot est profondément une évolution créatrice. Mettez qu'entre l'artiste qui fait de son œuvre le théâtre de cette évolution et le philosophe qui enregistre cette évolution par la pensée il y a la différence même de l'instinct et de l'intelligence, lorsqu'ils s'appliquent au même objet : les deux registres fournissent un point de vue analogue sur le mécanisme spencérien. Et un beau génie des balancements et des complémentaires, à une heure où la philosophie n'est pas encore mûre encore pour la critique de l'évolutionnisme qui conquiert le monde anglo-saxon, développe aux côtés de Spencer, qui est certes bien loin de flairer l'ennemi, le roman de la durée vivante.

Cette durée, il faut d'abord qu'elle existe, et, en laissant de côté les formes très différentes qu'elle revêt en poésie, en musique, en histoire, il est bien certain qu'elle ne peut

exister que dans le roman, et que de nature,
elle est entièrement opposée à celle du théâtre. Le théâtre « n'a pas le temps » et le
roman « a le temps ». Je n'insiste pas sur
ce lieu commun. Mais le roman anglais, avec
ses longues suites copieuses de trois, cinq
ou dix volumes (réservés chez nous aux
romans populaires, *Juif Errant*, *Misérables*,
Rocambole), sait se donner le temps et s'éta-
blir en plein confort de durée. (On sait que
Jean-Christophe est plus septentrional que
français.) Le roman anglais a le temps
comme l'Angleterre a l'espace, et le lecteur,
comme le commerçant de là-bas, sait faire
crédit. Ainsi le roman anglais de l'époque
victorienne a l'incomparable secret de faire
pousser un être de façon entière, insensible-
ment, sans à coups, — ou à peu près ; car
peut-être reste-t-il un peu de trépidation,
de saccade nerveuse et de brusquerie dans
Dickens. Mais quelle perfection chez Thackeray ! En lisant la *Foire aux Vanités*, ne
sent-on pas de l'intérieur, et par une mysté-
rieuse sympathie, grandir George Osborne,
Dobbin, Alice, l'enfant passer à l'homme en
une sûre continuité, rester le même et devenir nouveau, épouser la logique imprévisible

de la vie ? Et cela George Eliot l'a fait mieux encore que Thackeray, à un point qui ne paraît pas pouvoir être dépassé.

Quand M. Bergson a voulu aborder par son point central cette vision de la vie qui lui était apparue dans son thème élémentaire et simple, il est allé tout droit au problème de la liberté. Ce problème devrait apparemment fournir au roman une matière inépuisable, et pourtant, sauf des exceptions très hautes comme la *Princesse de Clèves*, il semble que presque tout le roman français ait pris le déterminisme comme un postulat inconscient, se soit donné pour tâche de dissiper, selon l'expression spinoziste, cette ignorance des causes qui nous déterminent, mise pour nous avec un exposant positif au compte de la liberté. Il n'en est pas de même du roman anglais, et je renvoie à ce que j'ai dit ailleurs du roman d'aventures et de *Robinson*[1]. En tout cas, George Eliot, en se plaçant en plein courant de la vie, a senti s'imposer à elle les drames de la liberté, la vision des moments privilégiés où la vie s'éprouve dans toute sa fécondité virtuelle,

---

[1] Article recueilli dans le *Liseur de Romans*.

et; d'un flot unanime de tout l'être, se porte à l'acceptation d'une destinée. Dans tous ses romans, on retrouve ces moments privilégiés qui se détachent en fils d'or, mais mêlés profondément à la texture suivie du récit. Quel est le grand tournant de Maggie Tulliver, en qui George Eliot a mis les plus vraies parties d'elle-même et qui doit occuper pour nous, dans cette galerie dont on aimerait parler entre Eliotistes (mais où sont-ils ? Sonnons tout de même ici au ralliement !) comme les Stendhaliens parlent de leurs personnages familiers, la place centrale ? Est-ce la fuite avec Stephen ? Peut-être non.

Au moment de l'histoire où nous sommes parvenus, la famille Tulliver réalise, comme un individu limité, une nature absolue. Elle vit dans un monde où les familles existent, de même que l'Angleterre existe : l'esprit Dodson n'est pas un vain mot. Dans cette famille d'adultes, fixée par certains caractères stables, deux êtres se développent, Tom et Maggie, deux enfants qui comme tous les personnages d'Eliot, sont foncièrement bons : car si elle a montré des hommes qui sont devenus mauvais, elle a expliqué comment ils l'étaient devenus, elle a toujours

refusé d'animer une figure qui fût destinée
par sa naissance au mal, à la sottise, au péché ;
elle appartient au pays de Wesley, non à
celui de Saint-Cyran. Aucun mot ne lui sem-
blerait plus mal fait pour terminer un de ses
romans que celui sur lequel se clôt presque
Madame Bovary : C'est la faute de la fatalité.
Tom et Maggie sont de petites créatures
libres qui font elles-mêmes leur destinée, et
chacune des filles de la famille Dodson,
même Madame Glegg, a dû résoudre en son
temps un problème pareil. Le problème est
celui-ci : l'enfant s'adaptera-t-il à l'esprit de
sa famille, ou bien prendra-t-il appui sur elle
pour s'évader de cet esprit ? Famille, Eglise,
Etat, ce problème du conformisme est au
fond le problème qui se pose à chaque conscience anglaise et qu'elle résoud fréquemment
par des partis-pris énergiques et totaux.
Tom a opté pour le conformisme, pour la
famille en tant que chose « établie ». Il le
fait parce que c'est son devoir, et il le fait
avec des sacrifices lourds qu'il a conscience
de pouvoir, s'il lui plaît, éviter ; d'où sa
dureté à l'égard des cœurs plus faibles.
Maggie opte peu à peu pour le non-conformisme ; il semble qu'elle y soit poussée par

les circonstances, en réalité elle y est toujours conduite par sa petite volonté, qui la mène à des conséquences qu'elle n'a pas prévues. Dès lors le vrai tournant de Maggie, la journée décisive où toutes ses puissances apparaissent au clair et où sa nature s'ouvre jusqu'en son fond, n'est-ce pas cette journée de son enfance où jalouse de sa cousine Lucy elle la jette dans la boue et se sauve chez les bohémiens ? Tout le reccourci de sa vie est là, et tout le drame qui se passera plus tard entre Maggie et Lucy, Tom et Stephen y est contenu en miniature et en graine. Voilà, chez les Tulliver, l'inévitable non-conformiste de la famille anglaise la plus enracinée, la plus étroite, la plus Dodson. Voilà la triste et merveilleuse découverte d'un nouveau monde moral. Voilà l'individu qui, avec le cœur le plus tendre pour les siens et le plus déchiré par l'éloignement, se fera cependant une existence propre, ira vers les lointains intérieurs comme un aventurier vers les mers étrangères. Voilà la fine pointe par laquelle l'être des Dodson et des Tulliver se défait, éprouve déjà cette pente de l'eau que descendra la jeune fille quand la détente d'un cœur surmené la laissera flotter inerte aux côtés de Stephen. Dès lors Maggie n'est-elle pas comme Emma Bovary un être qui se détruit ? Peut-être. Mais notez d'abord qu'il n'y a dans le roman de Flaubert, sauf Homais, aucun personnage qui se construise, et qu'Emma est prise dans le courant universel d'une création qui se défait, entre ce Gog et ce Magog des derniers temps, Homais et Bournisien ; dans Eliot au contraire, Maggie est seule à se détruire par les explosions d'un cœur ardent, et Tom établit à côté d'elle un élément solide de contraste. Et observez aussi que lorsque l'eau emporte le moulin et brise la barque où Tom et Maggie dans les bras l'un de l'autre réunissent les dernières secondes de deux vies que le drame de leur cœur sépara, nous sommes saisis par la gravité d'une catastrophe tragique comme devant le palais d'où Œdipe sort les yeux crevés, mais nous n'avons pas l'impression que cette vie du frère et de la sœur, brisée dans le même désastre, ait passé inutile et stérile. S'ils ne sont plus, ils ont été, ils ont vécu la vie de chair et d'os et non pas, comme les personnages de *Madame Bovary*, celle dont parle Perdican, la vie de l'être factice créé par l'ennui et l'orgueil ou par la bêtise sociale. La mort les arrête comme un contour, elle ne les détruit pas comme une main qui touche une forme de sable. Bien plus il fallait qu'ils cessassent d'exister afin d'être ce qu'ils sont devenus : les types pro·fonds d'une Angleterre séculaire.

Lisez les autres romans aussi, à la recherche de cette vie morale profonde, de cette pure liberté intérieure qui n'est pas de la volonté tendue à la Corneille, mais le gonflement et la respiration d'une âme au moment inattendu, souvent le plus insignifiant, comme le grain de sénevé de l'Evangile, où elle s'engage dans sa destinée imprévisible, se plante pour fructifier en bien ou en mal. *Adam Bede* n'est que cela et il est manifestement tout cela. Et le jour où, élaguant tous ses souvenirs personnels, Eliot a voulu dessiner en son reccourci parfait cette courbe d'une vie humaine, elle a écrit *Silas Marner*. Le tisserand de Raveloe symbolise l'homme avec autant de puissance concentrée et nue que les enfants de M. Tulliver expriment l'Angleterre. Tête étroite et obstinée il s'est attaché à la lettre de la religion, et la lettre l'a trompé. Du même fonds dont il enfouissait son cœur dans une église formaliste et étroite, il l'a alors enfoui avec une autre matière sans vie, celle de l'or. Et l'or lui est volé. Silas est resté le même et sur cet homme pareil le second coup de la destinée est pareil au premier : c'est la même erreur qui l'abuse. Mais à la place de son trésor il a trouvé les cheveux dorés d'un petit enfant, et cet or qui n'est plus stérile c'est le premier rayon des richesses éternelles que les vers ne mangeront point. Un secours miraculeux, qui aurait pu si bien ne pas être, a amené Silas à sa nouvelle destinée, a porté vers une chose vivante toute la nature ignorante qui l'attachait à la matière. L'acte le plus haut de la liberté c'est cette conversion intérieure vers la vie qu'Eliot a décrite si souvent comme le sujet propre à son génie.

De ce point de vue *Romola* ne s'oppose nullement aux autres romans comme une reconstitution historique à des œuvres de réalisme. D'abord tout ce qui est reconstitution historique y est assez faible, et ne s'élève pas au-dessus de Walter Scott dont Eliot reproduit souvent le procédé. Mais *Romola* est peut-être avec le *Moulin* l'œuvre la plus autobiographique d'Eliot. Elle a eu la discrétion de ne mettre en scène aucun

personnage de son entourage, ni surtout
Georges Lewes, n'ayant pas sur les convenances les mêmes sentiments que les femmes
et les hommes-femmes de lettres d'aujourd'hui. C'est pourquoi elle a coupé court à
toute tentation en rejetant son œuvre dans
un passé qui satisfaisait en elle la femme
de bureau très matérielle soucieuse d'utiliser
un voyage en Italie, et qui présentait, par
le *revival* de Savonarole, quelque analogie
avec les milieux anglais où elle avait vécu.
Ce roman où tout se groupe autour des personnages saisissants de Tito et de Romola
(Savonarole est bien manqué), c'est le roman
de la liberté intérieure et le roman de la
conversion intérieure. Il s'agit d'abord de
montrer la nécessité d'une tension et d'une
défense pour que la circonstance la plus
légère ne nous entraîne pas dans le mal.
Tito, qui n'est pas plus mauvais que l'Hetty
Sorel d'*Adam Bede*, est conduit à une vie
de scélérat comme Hetty à l'infanticide par
une chaîne dont le premier chaînon est fait
d'un instant de négligence et d'oubli. Il ne
réagit pas quand il le pourrait, et il est frappé
par une fatalité dont il est responsable parce
qu'il s'y est en somme librement soumis.

Romola facilement reconnaissable représente l'intellectuelle païenne, douce et savante, raisonnable et tendre, la plante choisie d'un beau cabinet d'antiques ou de travail pour un père et pour un époux, et dans le cœur de qui la souffrance et Savonarole éveillent les sentiments de sacrifice chrétien dont se comblera doucement et tristement le vide intérieur qui lui est révélé par le plus ordinaire accident de la vie. Au centre de tout roman d'Eliot (sauf *Daniel Deronda*) il y a une créature qui lui ressemble, un être pour qui la vie morale existe, et tous sont plus ou moins avancés sur un chemin, mais ils vont sur le même chemin : c'est Jeanne, Maggie, Dinah, et cette attachante Dorothée Casaubon. L'admirable spectacle que de voir le christianisme protestant se déposer dans la maison de ces positivistes que sont Eliot et Lewes, l'incorporer malgré les malentendus à une tradition continuée — ainsi que le catholicisme romain a cristallisé sur les murs de l'Eglise comtiste !

Ainsi cette créatrice de vie qui n'a guère puisé que dans son expérience personnelle anglaise est devenue, comme elle le rêva sans doute à Weimar et à Florence, un puissant et bienfaisant génie d'Europe. Elle n'a pas été déplacée dans le cercle de philosophes où elle vivait, les Mill, les Spencer, les Huxley, les Lewes. Elle a fait son domaine propre de ce qui manquait à leur philosophie. Il lui fallait peut-être des philosophes autour d'elle comme il faut à côté de Maggie le frère qui se réalise dans la nature contraire. Elle s'est installée dans la vie comme ces philosophes dans l'abstraction et le mécanisme. Et c'est peut-être par une belle illusion (mais je ne la croirai jamais tout à fait trompeuse), que j'ai vu glisser par elle leur philosophie vers la détente, la création et la vie. Et dans l'incident philosophique auquel je me suis référé, il n'y a sans doute qu'un accident ; sans doute la philosophie de l'évolution créatrice n'est qu'une étape sur une belle route que nous entrevoyons, sur une route que l'art entoure d'un paysage et dont *Silas Marner* nous fait à la façon d'un mythe platonicien entrevoir le raccourci idéal. Il vient toujours un moment où la pensée humaine, ayant vu disparaître le trésor illusoire qu'elle couvait, peut retourner chez elle dans le désespoir et les morceaux d'une existence brisée. Elle peut aussi rester, méditer, sentir bientôt sous ses doigts cet or de chevelure au delà duquel il y a, comme la mer derrière sa frange d'écume, la vie riche et mouvante qui l'apporte.

DU ROMAN ANGLAIS [1]

Sous ce titre *Le Roman anglais de notre temps*, M. Abel Chevalley publie à Londres une courte histoire du roman anglais à laquelle on ne saurait faire que l'honorable reproche de brièveté excessive. Nous n'avons pas en France d'histoire du roman français, mais un critique anglais éminent, M. Saintsbury, en a écrit une, fort copieuse, où l'optique étrangère, parfois originale, éveille et surprend utilement le goût d'un Français. Une *Histoire du Roman Anglais* écrite par un Français ferait, de l'autre côté de l'eau, une figure symétrique à l'*History of the French novel*. Certes le roman puise une de ses raisons d'être dans l'accouchement et l'éclaircissement des caractères nationaux, dans la mise au jour d'une Angleterre, d'une France, d'une Russie plus authentiques que les vraies ; il est le principal truchement qui fasse connaître les peuples les uns aux

[1] De *La Nouvelle Revue française* du 1er novembre 1921.

autres. Mais en même temps il tend à devenir un genre de plus en plus international :
l'effacement automatique et général de la
poésie devant le roman, dans toutes les littératures d'aujourd'hui, s'explique de bien
des façons un peu comme le passage, pour
l'écrivain, d'un petit public à un grand public.
Il se passe là quelque chose d'analogue à ce
que Brunetière, dans la littérature du
XVIIᵉ siècle, appelle la victoire des genres
communs. Un poète, surtout un poète lyri-
que, est borné à son pays, il ne se traduit pas.
Un romancier, s'il trouve un bon traduc-
teur, ne perd que peu à la traduction. Et
la traduction même n'est pas nécessaire
pour lui créer un public international.

Elle n'est pas nécessaire pour un Anglais.
La propagation de la langue anglaise marche depuis vingt ans avec une rapidité
incroyable. Non seulement les débouchés du
livre anglais le déversent sur la large partie
du globe dont l'anglais est la langue naturelle, mais son public français, germanique,
slave, oriental et extrême-oriental, s'accroît
sans cesse. De là, d'ailleurs, un danger contre
lequel le roman anglais a réagi à peu près
jusqu'ici, mais devant lequel sa force de

résistance pourra fort bien s'affaiblir. C'est le danger commercial. Le roman, fabriqué en série pour un public peu difficile, exporté comme de la cotonnade ou de la verroterie, loué même à la grosse par la critique, sans discernement, des journaux quotidiens, est organisé en Angleterre par ateliers ou plutôt réparti, comme les vêtements de confection; qui nourrit son homme et plus souvent sa femme.

Un immense 'public, dit M. Chevalley, assez cultivé pour ne pas goûter les histoires sentimentales des feuilletonistes, mais trop occupé ou trop superficiel pour chercher dans la lecture autre chose qu'un divertissement sans fatigue, fait vivre une foule de romanciers et absorbe chaque année des tonnes de littérature. C'est à ces lecteurs et à ces auteurs que pense l'étranger quand il constate le goût déplorablement facile du public et la puérilité des œuvres dont il se nourrit. On oublie que, d'après un calcul approximatif, dix-sept millions d'Anglais sur quarante lisent au moins un volume de fiction par mois. Si nos écrivains avaient ce même nombre de clients, est-on sûr qu'ils seraient moins puérils, moins prolixes ?

Le roman anglais a, comme le rat, une queue longue et froide. Mais le genre reste vigoureux et sain. Certes M. Chevalley exagère (à moins qu'il ne veuille parler du nombre d'exemplaires vendus) lorsqu'il écrit que « le petit nombre des romans anglais égaux aux meilleurs des nôtres, quoique différents, dépasse à lui seul notre production totale ». Il n'en est pas moins vrai que, du point de vue de la qualité, de l'invention et de la vie, le massif du roman anglais dépasse le nôtre. Rien de plus différent d'ailleurs que la carte littéraire des deux pays. La littérature française est une durée, une continuité de quatre siècles qui, d'une plénitude presque égale, s'enchaînent, se succèdent, se commandent de façon à donner dans leur ensemble même l'impression d'une œuvre d'art. La suite de la littérature française est une suite bien composée, une vie humaine dont les quatre âges équilibrent et fondent en une plénitude plus savante leurs quatre plénitudes harmonieuses. On pourrait appliquer à cette durée la phrase célèbre de Strabon sur la disposition de la Gaule par une main artiste. La littérature anglaise, elle, est faite de trois massifs incomparables, brusquement surgis dans une puissante explosion vitale, et dont les deux premiers n'ont guère duré plus d'une génération : le théâtre du XVIe siècle, la poésie de la première moitié et le roman de la seconde moitié du XIXe siècle. De loin ils n'apparaissent guère plus unis qu'une Angleterre, une Ecosse et une Irlande. Il est vrai qu'un Anglais verra la continuité là où un étranger la reconnaît mal. L'idée doit sans doute être mise au point et rectifiée. En tout cas le roman anglais depuis Walter Scott (*Waverley* est de 1815) connaît, en quantité et en qualité, une continuité, un foisonnement, une vigueur créatrice qui forment une durée presque unique dans l'histoire littéraire. Pour continuer nos images géographiques, il est dans le temps l'équivalent de l'empire britannique dans l'espace. Des études politiques et économiques sur l'empire britannique sont nécessairement des études qui concernent, par la connexion et l'analogie des faits, le reste du globe. Pareillement une étude sur le roman anglais doit nous amener sans cesse à des comparaisons. Il concerne le fait littéraire, l'avenir littéraire du globe entier. Je demanderai au livre de M. Chevalley l'occasion de soulever trois questions, qui ne sont pas seulement liées à l'esthétique générale du roman, mais qui intéressent particulièrement le roman français.

** **

De même que, par un certain côté, toute la durée de la tragédie française, entre 1636 et 1830, tient déjà en raccourci, avec son relief général, ses pentes de grandeur et de décadence, dans l'œuvre de Corneille, de même on pourrait voir préfigurés en Walter Scott les directions du roman anglais, et, comme tout se tient, les problèmes généraux qui se posent au roman et que pose le roman.

Celui des sources du roman. Dans l'espèce humaine la littératu c'est d'abord et partout la poésie et .ɔ ᴜᴉéâtre. Dans les trois littératures classiques, la troisième étant celle de la France du XVIIe siècle, le roman fait figure de parent pauvre. Quand il s'enrichit, comme le bourgeois ou le paysan, avec les biens des deux ordres priviligiés. Brunetière nous montre le roman français se nourrissant avec Lesage et Marivaux des pertes successives de la comédie, avec Prévost et Rousseau (ceci est un peu artificiel) des pertes de la tragédie, s'incorporant avec

Mme de Staël et George Sand le domaine des moralistes, avec les descriptifs le domaine de la poésie. Il faudrait faire aussi une place importante au genre épistolaire, qui produit au XVIIIᵉ siècle le roman de Richardson, de Rousseau, de Laclos, et qui donne sa forme naturelle aux désirs et aux ambitions de leurs destinées manquées : le soldat qui ne reçoit jamais de lettres, et qui s'en écrit à lui-même pour entendre le vaguemestre le nommer, s'il est poète, ce sont les plus belles de la compagnie. L'évolution du roman anglais serait un peu différente. Ses origines sont moins aristocratiques. On le voit pousser au XVIIIᵉ siècle dans des boutiques d'écrivains publics (et Dickens ce sera encore une boutique ouverte sur la rue la plus vivante et le courant humain le plus extraordinaire). Mais dans cet apport des genres anciens qui constituent le genre nouveau, il faudrait en Angleterre, où la littérature incline plus que chez nous vers la poésie pure, une place plus grande à la poésie. « Qu'est-ce que Walter Scott ? dit M. Chevalley. Un poète rentré, un grand poète épique, narratif, descriptif, évocateur, lequel, déçu et dépassé dans la poésie, prend sa revanche en prose. Il anoblit le roman en y portant l'éclat des genres jusqu'alors dits nobles ».

Et le roman est un genre impérialiste. Il y a en lui une volonté de domination, une puissance d'absorption comparables à ceux de la race anglo-saxonne. S'il a commencé à se nourrir des reliefs de la poésie et du théâtre, il est maintenant installé à table, la maison lui appartient et c'est à eux d'en sortir. Aujourd'hui, en France comme en Angleterre et comme ailleurs, faire de la littérature c'est faire du roman. En France, il y a vingt ans, faire de la littérature c'était encore faire du théâtre, comme au XVIIIe siècle ; de même que faire de la critique c'était faire de la critique dramatique. Aujourd'hui le théâtre est un monde fermé, abandonné à des professionnels (j'avais écrit habiles professionnels comme on écrit éminent économiste ; mais non, pas même cela). Et la critique dramatique, qui le suit comme l'ombre le corps, maigrit comme lui. Quand les vieux braves qui la défendent encore ne seront plus là, il faudra pour les remplacer, réquisitionner la troupe.

L'immense succès et le vaste rayonnement de Walter Scott ont, comme le dit M. Che-

valley, « solidement assis la vertu du roman ».
Au-dessus d'Alexandre Hardy, au-dessous de
Corneille, cet écrivain qu'on ne lit plus prend
comme eux place dans la famille des héros
œkistes d'un genre. Ce n'est pas un hasard si
Walter Scott paraît en même temps qu'Ark-
wright et que Peel, et si la naissance du grand
roman coïncide avec la naissance de la grande
industrie. Le grand roman, je veux dire
l'atelier de romans ou l'usine de romans.
A partir de Walter Scott, les grands romanciers, et aussi les petits, deviennent des
fabriques de romans, ou plutôt ce qui est
fabriqué chez les petits est nature chez les
grands. Shakespeare, Corneille sont des
natures pareilles à la nature, et qui s'en sont
détachées en l'imitant, en continuant son
mouvement créateur, comme les planètes se
sont détachées du soleil. A partir de Walter
Scott ce rôle de « natures » est tenu en Occident par des romanciers. Un Dickens, un
Balzac, un Dostoïewsky, un Flaubert, un
Kipling sont des natures non comme des
hommes, mais comme une France, une
Angleterre ou une Russie, c'est-à-dire comme
des réalités incorporelles, génératrices d'hommes. Si Walter Scott ne prend pas place dans

un tel monde, il a tracé le premier, pour une action et pour une époque, leur figure exté-rieure, leur schème.

* * *

Cette conversion irrésistible de tous les genres littéraires en roman, il n'y a sans doute ni à la déplorer ni à l'admirer. Le critique écrirait ici volontiers des pages comme celles de Tocqueville sur l'avènement de la démocratie, et, une fois rappelé le troisième volume de la *Démocratie en Amé-rique*, on se sent en effet envahi par bien des analogies. Roman et démocratie vont de pair. Le roman s'adresse à un public de plus en plus étendu. Il est vrai qu'il en fut de même, d'abord, du théâtre. Les mystères sont une façon pour les clercs, qui savent lire, de *montrer* la Bible à ceux qui ne savent pas lire. Et que fait le théâtre de Shakespeare sinon *montrer* Plutarque, les chroniques italiennes ou Belleforest à qui ne peut les lire ? Le théâtre fut donc démocratique (dans un sens très spécial, ajouterons-nous vite pour ne pas recevoir de M. Maurras la lettre qu'il écrivit jadis à M. d'Haussonville, et comme les journaux appellent le colin le démocratique colin, non que ce poisson ait installé dans les profondeurs marines le suffrage universel, mais parce que son prix le met à la portée de toutes les ménagères). L'imprimerie et l'école ont fait du roman à son tour le genre démocratique. Et si la démocratie (toujours au même sens) est une conquête de l'homme, elle est bien davantage encore une conquête de la femme, elle tend invinciblement (avec ou contre la nature, cela c'est une autre histoire) à l'égalité des sexes... Les adversaires de la démocratie (au sens politique) voient même en elle une transgression exorbitante de la nature féminine (lisez le *Romantisme Féminin* de M. Maurras et les ouvrages de M. Seillière). En tout cas la victoire du roman, la transgression (au sens géologique) du roman sont un peu des victoires et des transgressions de la femme. La poésie féminine est restée jusqu'ici très exceptionnelle, n'a paru que chez quelques poètes mineurs. L'art de la composition dramatique a toujours été absolument fermé aux femmes. Ne parlons pas de l'éloquence ni des grands genres spéculatifs ou critiques.

Dans le roman au contraire la femme est chez elle. Le XVIIe siècle français avait déjà eu moins de romanciers que de romancières. Quand commence avec Walter Scott la descente en bataillons serrés des romans, les femmes y ont leur place éminente. Deux des grandes natures romancières du siècle sont féminines, George Sand et George Eliot. Et si je n'avais pas déjà employé plus haut ce mot de nature, il me viendrait à leur propos irrésistiblement.

Les deux romans, anglais et français, se comportent ici assez différemment. D'une part les femmes auteurs tiennent plus de place dans le premier que dans le second. Un certain nombre de grands ateliers, comme ceux des Humphry Ward, des Gaskell, sont féminins. Des femmes tiennent une place de Racine anglais, c'est-à-dire introduisent dans le roman (avec une parfaite décence de termes) la peinture brûlante et authentique de l'amour total : ce sont autrefois les sœurs Brontë, aujourd'hui Miss May Sinclair. D'autre part, à la différence du roman français du XIXe siècle, et plus large, plus indépendant que lui, le roman anglais peut porter sur d'autres réalités humaines que l'amour (auquel avec Balzac l'argent fait chez nous une rallonge, mais encore secondaire). Les deux plus illustres romanciers de l'avant-dernière génération, Kipling et Wells (on rabattra ce qu'on voudra de la conjonction) demeurent à peu près étrangers à ses peintures, Kipling toute sa carrière et Wells dans la première et la troisième partie de la sienne. Il est vrai que ni l'un ni l'autre ne laisseront dans la circulation un seul personnage largement vivant : reste que dans le roman anglais, et malgré Meredith, le département de l'amour appartient aux femmes plus qu'aux hommes. Et s'il n'en est pas tout à fait de même chez nous, nous avons pu voir cependant, depuis George Sand jusqu'à nos brillantes romancières d'aujourd'hui, le génie féminin ajouter au roman ce que de l'amour l'art de l'homme n'atteindrait pas.

Sauf le cas exceptionnel de George Eliot, ces *Women novelists* sont, en Angleterre comme chez nous, des combattantes. Leur art n'est pas désintéressé. Elles luttent pour une cause. « Elles ont été, dit M. Chevalley, l'avant-garde des mouvements pour la réforme du mariage, du divorce, des lois sanitaires et sociales. Elles ont exprimé plus fortement

cette lutte des sexes qui est faite d'amour
et de haine ». Et il fait cette supposition
ingénieuse « que la longue paix démocratique (?) et mercantile où deux ou trois générations d'Anglais vécurent sans exposer leur
vie ait obscurément exaspéré l'instinct collec-
tif et profond des femmes, qui, elles, ris-
quent la leur à chaque maternité » jusqu'à
la grande guerre. La conquête du roman
par les femmes ne fera probablement que
continuer et se développer, et la nature féminine fournira des sources fraîches pour renou-
veler le roman. La littérature française a pris
depuis quelque temps figure d'un champ de
bataille politique. Dans cinquante ans elle
sera peut-être un champ de bataille sexuel.

* * *

Enfin une question de technique. M. Chevalley nous dit à plusieurs reprises que les
romanciers anglais composent mal (ce qui
est un lieu commun de la critique française.)
Dans Walter Scott il fait une exception pour
la *Fiancée de Lammermoor*, qu'il reconnaît
« admirablement composée ». Mais la *Foire*

aux Vanités est « mal composée ». D'autres encore. Qu'est-ce donc qu'un roman bien composé ? Je crains qu'il y ait dans ce mot une convention artificielle et scolaire qu'on se transmet sans trop y regarder.

Flaubert se reproche au sujet de tous ses romans des défauts de composition, et le problème : Flaubert savait-il composer ? pourrait relayer la fastidieuse question : Flaubert savait-il écrire ? Quel est le roman de Balzac, de George Eliot, de Tolstoï, de Dostoïewsky qui soit composé ? Si Maupassant soigne la composition de ses nouvelles, il n'en fait pas autant pour ses romans. Si la composition était le mérite principal d'un roman, il n'en faudrait mettre aucun avant ceux de M. Bourget.

La vérité est que le mot de composition a un sens très différent quand il s'agit du théâtre et du roman. La composition dramatique est fondée sur des simultanéités. Elle resserre dans le temps elle porte non sur des évolutions, mais sur des situations, des coupes typiques et momentanées mises en pleine lumière. L'exigence de la composition s'y traduit par l'exigence de la scène à faire, qui réunit pour des paroles décisives les principaux personnages sur un même espace et à un même moment, et qui n'est par conséquent que la loi des trois unités à la seconde puissance ; on peut l'appeler une composition dans l'espace autant et plus qu'une composition dans le temps. M. Bourget, dont l'exemple est instructif, a échoué au théâtre parce qu'il y apportait des habitudes de romancier, et cependant c'est avec des secrets de théâtre qu'il compose ses romans : aucun qui ne tourne autour de la scène à faire, de la confrontation, de l'entrevue d'Agrippine et de Néron, des marronniers de Figaro. Mais le grand roman, le roman-nature, pour reprendre l'expression de tout à l'heure, ce n'est pas cela, c'est de la vie, je veux dire quelque chose qui change et quelque chose qui dure. Le vrai roman n'est pas composé, parce qu'il n'y a composition que là où il y a concentration, et, à la limite, simultanéité dans l'espace. Il n'est pas composé, il est déposé, déposé à la façon d'une durée vécue qui se gonfle et d'une mémoire qui se forme. Et c'est par là qu'il fait concurrence non seulement à l'état-civil, mais à la nature, qu'il devient une nature. Ainsi se créent la force et l'être de la *Foire aux Vanités*, du *Moulin sur la Floss* (pour lequel M. Chevalley montre un bien injuste dédain), d'*Anna Karénine*, des *Parents Pauvres*, de l'*Education Sentimentale*, des *Frères Karamazov*. Leur reprocher de n'être pas composés, c'est leur reprocher d'être. Je sais bien qu'au-dessous de ces mondes vivants, il y a de belles œuvres pour lesquelles le mot composition reprend un sens, ou plutôt réunit sous une étiquette un peu arbitraire un certain nombre de sens : on pourra dire par exemple que Galsworthy et Johan Bojer, M. Boylesve et les Tharaud savent composer, et sans recourir à l'esthétique dramatique. Cela signifie d'abord qu'ils savent conter, puis qu'ils sont intelligents, et puis que leur roman est fait pour exécuter une idée de roman qu'ils ont eue, qu'ils ont fait ce qu'ils voulaient et l'ont bien fait. Mais ceux qui ont écrit les romans-nature que je nommais auraient pu, eux, dire comme Flaubert : On n'écrit pas les livres qu'on veut. On sent que leurs romans ne sont pas sortis d'une idée, mais qu'un monde d'idées sort de leurs romans. Ils se trouvent, si on veut, composés quand ils sont écrits, mais ils n'étaient pas composés avant d'être écrits, et il n'y a de vraie composition que préconçue. Cela soit dit pour poser le problème, un peu au hasard, par quelques touches, et nullement pour le résoudre[1].

---

[1] J'y suis revenu, avec plus de détails, et des conclusions plus fermes, dans deux chapitres du *Liseur de Romans*.

NOTE SUR EDGARD POE[1]

Edgar Poe, cas unique, aérolithe de l'Amérique, est entré chez nous avec la même figure d'exception étrange. Il n'y a pas d'écrivain qui ait été transplanté, raciné dans une autre littérature avec une plénitude et un bonheur plus exceptionnels que lui. Grâce à Baudelaire et à Mallarmé il est devenu une sorte d'auteur bilingue, de conteur et de poète à deux versants. Le cas se comprendrait fort bien s'il s'agissait d'un écrivain qui ne fût pas styliste et qui ne perdît rien à la traduction, comme c'est le cas de l'auteur de *Jean Christophe*. Mais Poe, prodigieux favorisé de la fortune, trouve deux traducteurs de génie, d'un génie frère du sien, capables d'aller au fond de sa phrase pour en repenser dans une autre langue la ligne, le timbre, l'essence. La traduction de Poe par Baudelaire est avec celle de Plutarque par Amyot la seule qui ait un style français et dont une page, sans nom d'auteur, soit aussi recon-

[1] A propos de sa *Vie* par M. André Fontainas (d'après *La Nouvelle Revue française* du 1ᵉʳ février 1920).

naissable à l'oreille qu'une page de Rabelais
ou de Flaubert.

Peut-être trouvera-t-on à ce mot de favorisé de la fortune, appliqué à un être aussi
foncièrement malheureux que le fut Poe,
une touche d'ironie déplacée.C'est que je parle
seulement de l'existence qu'il contracta
après sa mort, — tel qu'en lui-même enfin
l'éternité le changea. Mais dans l'ordre de
cette existence-là sa destinée fut encore étrange, et un bonheur extraordinaire y est com-
pensé par des accidents extraordinaires. Si ses
traducteurs l'incorporèrent de manière unique à une autre littérature, en revanche il
fut et il est resté tragiquement la proie de
ses biographes.

Cela commença dès le lendemain de sa
mort. Un ami qu'il avait choisi comme exé-
cuteur testamentaire, Griswold, l'en récom-
pensa en écrivant une biographie de Poe
pleine de malveillance et de haine, par
laquelle a été créée la légende tenace qui en
fait un vagabond, un ivrogne, et un fou.
Ses biographes américains se sont élevés
contre les accusations de Griswold, nous ont
donné un Poe doué de beaucoup de vertus
domestiques et même membre d'une société

dé tempérance. La biographie de Poë a été ainsi conçue en Amérique sous les deux aspects alternés du réquisitoire et du plaidoyer. Dans ce pays des convictions absolues et rapides elle ne pouvait pas encore avoir bénéficié sensiblement de la critique, de la mesure et du détachement qui sont de mise en ces matières d'histoire et de psychologie.

En France, « il y a une thèse ...» Ce mot, qu'on entend souvent dans le monde de l'érudition, se prononce parfois avec une certaine mélancolie, comme s'il signifiait que la thèse tient juste assez de place pour empêcher de naître un livre qui pourrait être bon. La thèse est d'un professeur d'anglais, M. Lauvrière. Autrefois elle ne se lisait pas avec agrément ; je suis persuadé (sans y aller voir qu'aujourd'hui elle est devenue illisible et a tourné en un tonneau de vinaigre. C'est un essai de psychologie pathologique à la marière de Lombroso (comme cela date !) La thèse de M. Lauvrière a pour but de démontrer la folie de Poe, de rechercher ses stigmates et d'exposer ses tares. Il le fait avec une pénible conscience, estimant sans doute avec raison que Poe c'est un livre, mais avec moins de raison que ce livre est la biographie par

Griswold et non les *Contes* ni les *Poèmes*. Le livre français le plus considérable sur Poe se ramène donc encore à de la littérature de parquet : non à vrai dire celle du procureur, mais celle du médecin-légiste.

C'est heureusement de la littérature de poète que nous apporte M. André Fontainas avec cette *Vie d'Edgar A. Poe*, un peu légère de contenu, mais qui s'attache noblement à l'exaltation morale du maître. C'est dire que la critique se retrouve ici sur ses positions d'Amérique, et qu'entre le réquisitoire d'un sec professionnel et la plaidoirie d'un cœur généreux nous n'avons pas encore cette œuvre d'analyse froide, compréhensive et calme dont l'admirable préface de Baudelaire, si juste de ton et si lumineuse d'intelli gence, nous montre peut-être la direction, M. Fontainas s'est préoccupé seulement de mettre en lumière par des témoignages favorables « la noblesse tant du génie que du caractère d'Edgar A. Poe ». M. Paterne Berrichon, animé par le plus respectable esprit de famille, tenta de rendre à la mémoire de Rimbaud un service analogue. M. de Rougemont, dans une biographie érudite et consciencieuse de Villiers de l'Isle-Adam parut aussi se préoccuper d'écarter

de son héros ses excentricités légendaires.
Il y a là probablement un excès. Ces trois
hommes de génie étaient par certains côtés
des excentriques qui doivent être pesés à des
balances spéciales, celles-là même dont le cas
Rousseau amena d'abord la critique à se
servir. Il est certain qu'Edgar Poe fut une
victime de l'alcool. L'essentiel pour nous est
que l'alcool, le traitant mieux que Musset,
ait respecté sa force de production littéraire.
Il est certain qu'Edgar Poe ne doit jamais
être cru lorsqu'il parle de lui-même : ses
mensonges sont-ils plus nombreux et plus
gros que ceux de Lamartine ou de Hugo, et
qu'est-ce que cela nous fait, puisqu'il doit
bien être entendu que la déformation des
choses par la poésie implique généralement
celle du poète par lui-même ? Il est certain
qu'Edgar Poe se fit comme Rousseau de
nombreux ennemis, et qu'il avait le caractère
mobile et irritable de beaucoup de poètes :
est-ce une raison pour donner constamment
tort, ainsi que le fait M. Fontainas, à ceux
qui après l'avoir aimé se brouillèrent avec
lui parce qu'ils ignoraient la psychologie
spéciale des poètes ? Il est certain qu'Edgar
Poe fut très malheureux et qu'il mérite toute

notre pitié ; mais ce malheur a pour cause
première une faiblesse et une instabilité de
caractère qu'il partage avec beaucoup d'autres poètes. Il est certain surtout que cet
homme, qui a été jusqu'ici le seul génie
littéraire authentique du Nouveau-Monde, et
qui a trouvé lui-même un nouveau monde
de sensibilité et de poésie, doit être regardé
avec toute la vénération due aux sanctu-
aires où brûle le feu du ciel. A cette hauteur
j'avoue que je ne me passionne pas pour
les jugements moraux qu'on peut porter
sur un être si foncièrement unique, et que la
question de savoir si le génie de Poe se con-
fond avec ce que M. Lauvrière croit la folie,
ou plonge comme le veut M. Fontainas dans
les eaux pures de la délicatesse et de la
bonté (hypothèses qui resteront toujours
invérifiées) me touche moins que l'éclat et
le parfum bien authentiques de l'incomparable
fleur. C'est d'ailleurs, je pense, à peu près le
sentiment de M. Fontainas lui-même. Après
cette vie de Poe, une étude du génie de Poe[1]
et de l'influence de Poe, qui manque jusqu'ici en français, ne le tente-t-elle pas ?

[1] Cette étude du *Génie de Poe* formera le sujet d'un
grand livre de M. Camille Mauclair.

ANATOLE FRANCE
EN ANGLETERRE [1]

Les quatre-vingts ans d'un artiste, répéti-
tion générale de ses funérailles, ne sont
joyeux que pour les Borniol de la littérature,
lesquels, il est vrai, ne manquent pas, Le
héros de la fête peut les accueillir avec ironie
non avec gaîté.

Fontenelle, quasi-centenaire, se baissant
avec difficulté pour ramasser le gant d'une
dame, gémissait : « Ah madame ! que n'ai-je
encore quatre-vingt ans ! » Dans vingt ans,
quand les jeunes gens d'aujourd'hui célèbre-
ront le centenaire d'Anatole France, que de
raisons, j'imagine, ils trouveront, en dehors de
celle qu'on devine, pour regretter ce jour de
ses quatre-vingts ans, ou plutôt pour méditer
avec émerveillement sur ce passé et pour
dire : « Se peut-il que j'aie tant vécu ! Se
peut-il que j'aie vu, moi encore, cet homme
du XVIIIe siècle, ce témoin de choses si
vieilles ? » Ou ils ne diront rien, pris dans
ce mouvement et cette vitesse dont Anatole

[1] De *La Nouvelle Revue française* du 1er juin 1924.

France aura été le dernier ralentisseur, dans ce changement dont le rythme semble passer de la loi du carré à on ne sait quelle loi du cube (le cubisme c'était donc cela !). Et encore, quand je parle d'un Anatole France ralentisseur, j'oublie que la dernière production publique de sa plume est pour déclarer : « 1, J'ai une Voisin ; 2, Parce qu'elle est très bonne et très élégante. » De la voisine charmante, que nous disait le *Livre de mon Ami*, à la Voisin élégante, que loue aujourd'hui le vieil ami des livres, la belle courbe, et accordée si juste à notre morceau contemporain de durée ! La spacieuse méditation, ces jours de mai, en quittant la librairie d'Edouard Champion, le coin où l'on posera un jour la plaque[1], et en remontant vers le Bois de Boulogne, le long des boîtes où sèche peut-être la petite fleur rare, le *Virgilius Nauticus*...

Si justement encadré dans ce Paris, cet homme, que nous sommes tentés de parler

---

[1] Et où allait se déployer, quelques semaines après, la page de l'*Ile des Pingouins* que furent les funérailles.

(Note de 1925.)

d'Anatole France comme un Genevois parle de Töpffer, un Avignonnais de Roumanille, un Oxonien de Pater, un Vénitien de Goldoni, et de dire : Il est à nous, il n'est qu'à nous ! Peut-être ce temps viendra-t-il. Peut-être le temps viendra-t-il où l'on ne comprendra plus France qu'en France, comme Boileau, qui reste pour nous le plus chèrement autochtone de nos crus locaux, et qui pourtant rayonna sur l'Europe aux temps de Pope, de Gottsched, — de La Harpe. Peut-être en sera-t-il un jour des amis d'Anatole France confondus alors avec ceux de Boileau, comme de ces derniers catholiques dont parle *Sur la Pierre Blanche*, réduits à quelques centaines, et qui ont pour pape Pie XLV, teinturier *via del Orso*. Mais si ce temps doit venir, il n'est sûrement pas venu, et voici qu'Anatole France se trouve précisément, aujourd'hui, de nos contemporains, le plus européen, le plus universel, le plus goûté, sous toutes les latitudes, par la franc-maçonnerie de la culture.

La raison en est fort simple, et nous n'avon qu'à redire ici un lieu commun évident. On appelle culture, au sens ample et solide du mot, les humanités classiques, qui, avec la religion chrétienne, ont fait, jusqu'au XIXᵉ siècle, la substance spirituelle de l'Occident. Pour aimer Anatole France, il est besoin moins d'une éducation française particulière que d'une éducation classique générale. Ce sont les maîtres de grec et de latin qui, en Europe et en Amérique, lui forment indirectement des lecteurs. Je sais bien que les femmes demeurent sensibles au charme de France, et autant qu'au *Lys Rouge*, écrit pour elles, à *Bonnard* et au *Livre de mon Ami*. Mais les femmes, et bien des hommes, n'ont pas besoin de lire eux-mêmes grec et latin pour être pris dans le rythme et dans l'esprit d'un goût classique, en recevoir l'endosmose, l'éprouver pleinement dans un contemporain comme madame de Sévigné aimait Corneille et madame de Maintenon Racine.

Depuis ces deux faits européens que furent le romantisme et le triomphe du roman, les grandes valeurs européennes avaient cessé d'être des valeurs classiques, et cela bien que l'éducation de l'élite, dans chaque pays, fût restée assez strictement classique. Anatole France est venu rendre un peu au classique, pour le goût européen, cette fraîcheur et cette universalité perdues depuis le XVIIIe siècle.

Dans aucun pays cependant il n'a trouvé plus de faveur qu'en Angleterre. M. James Lewis May vient d'y publier sur lui un gros livre biographique et critique dont nous n'avons pas l'équivalent en France (l'étude, tantôt lourde et candide, tantôt fine et mordante de M. Michaut, c'est autre chose : il est d'ailleurs remarquable que les hostilités contre France, chez nous, soient parties souvent des milieux universitaires, académiques, traditionnels. Brunetière ne pouvait pas le sentir, et c'était réciproque. Je crois que cela se rattache à un trait assez purement français : une opposition de frères ennemis, une haine de prêtres, dans le classicisme français, entre les amis du XVIIe et ceux du XVIIIe). Le livre de M. Lewis May, écrit de manière facile et intelligente, est fait à souhait pour rendre service à la masse des lecteurs. Je vois sur la couverture que la librairie John Lane, qui l'édite, a publié la traduction entière d'Anatole France (jusqu'à la notice sur le château de Vaux-le-Vicomte !) en éditions de bibliothèque et populaires. Elle y a même joint les propos recueillis par M. Gsell, qu'un

extrait de presse appelle complaisamment
le Boswell d'Anatole France. Le compliment
tombe mal. Mais comme en effet, il nous
faudrait maintenant un Boswell de cet Anatole
France, qui fut lui-même le Boswell de
Bonnard, de Coignard et de Bergeret !
Sera-ce Jean-Jacques Brousson ?[1] Ou le
subtil et docte philosophe Paul-Louis Cou-
choud, ayant voyagé, durant la vie terrestre,
parmi les sages, les poètes et les prophètes
d'Orient et d'Occident, n'a-t-il pas été, de
toute éternité, désigné pour la tâche bos-
vellienne ?

Il est une ligne de M. Lewis May que je
n'ai pas lue d'abord sans surprise, et dont
ensuite j'ai reconnu le sens profond et vrai.
C'est une citation d'Edmund Gosse, à qui,
de tous les écrivains français, Anatole
France paraît être celui qui ressemble le
plus à un Anglais. Loué pour la manière
dont il réalise purement un Parisien de Paris
et un Français de France, décrié par certains
pour les sympathies qu'il cueillerait chez les

---

[1] Ecrit avant *Anatole France en pantoufles.*

germanophiles ou les bolchevistes, vénéré en Italie comme un type du pur génie latin, voici maintenant, d'un critique anglais considérable, ce : « Il pourrait être de chez nous ! »

Disons, si l'on veut, qu'on reconnaît une vraie nature classique à ce que chacun croit se voir en elle, se trouve concerné par elle. Ainsi nous imaginons difficilement deux hommes plus différents, que Montaigne et Flaubert. Or Flaubert se déclare presque effrayé de se retrouver, comme en un miroir, dans les traits les plus individuels de Montaigne. Et cela prouve d'abord la richesse de radiation, de suggestion, d'humanité, propre à toute une lignée de maîtres du style et de connaisseurs de l'homme, lignée où un Montaigne et un France se prolongent l'un par l'autre. L'Anglais s'est d'ailleurs reconnu dans le même Montaigne que le Normand : on sait la popularité de Montaigne en pays de langue anglaise. Mais pour Anatole France, il y a peut-être encore autre chose. Ce style qui vous paraît au premier abord si traditionnel, si composite, si inspiré de modèles, cherchez voir à quels modèles il ressemble, quels modèles il est censé copier ?

Vous n'en trouverez pas, ou vous les trouverez tous, ce qui est la même chose. Voyez
comme il a résisté au gaufrier de Flaubert,
dans les fers duquel sa génération tendait à
mouler la pâte de son style. Et pareillement
à Gautier, à Courier, à Chateaubriand, à
Voltaire. Et de même à Renan, qui pourtant...
Il n'a été que lui, et c'est lui qui maintenant
fournit le gaufrier. Notre Luxembourg littéraire ne manque jamais de la boutique
francienne, où le même fer s'imprime sur la
coulée légère, bientôt croustillante. Et pourtant, quand je cherche ce qui, dès le XVIIe
siècle, nous annonce et nous préforme un
peu le style de France, je trouve tout de
même quelque chose : c'est le livre d'un
Anglais, qui écrivait en français, les Mémoires de Hamilton sur la cour de Charles II,
Pour la transparence, la réticence, la sou-
plesse ironique, une ampleur çà et là qui se
renfle en sons de violoncelle, ces charmants
Mémoires portent en eux, plus que quoi que
ce soit du XVIIe siècle, un pressentiment de
la *Rôtisserie* et du *Lys Rouge*.

A cette impression personnelle, je joins
celle d'un critique anglais, cité avec approba-
tion par M. Lewis May, et qui estime le

repas chez M. de la Guéritaude non inférieur à ce qu'il y a de meilleur dans les comédies de Shakespeare. Voilà donc Shakespeare qui fournit à un Anglais le terme de comparaison. J'avoue qu'ici je ne distingue pas très bien, je ne sers que d'intermédiaire, et je vous invite à y aller voir vous-même avec de meilleurs yeux que les miens.

Il y a enfin autre chose, de plus important que tout ce que j'ai allégué jusqu'à présent, et qui vient justifier tout à fait l'impression d'Edmund Gosse. On a écrit des bibliothèques sur l'humour, sur la différence de l'humour anglais et de l'esprit français, sur la difficulté avec laquelle les Français saisissent l'humour anglais (voyez l'insuccès, chez nous, de Chesterton, qui n'a trouvé faveur que comme apologiste du catholicisme). Reste ceci, qu'il n'y a certainement pas trois humoristes dans notre haute littérature, qu'il n'y en a peut-être pas deux, mais qu'il y en a au moins un, et que c'est Anatole France.

Diderot a pu imiter Sterne dans *Jacques le Fataliste* en y mettant toutes sortes de qualités, mais pas un grain de véritable humour. Alphonse Daudet a pu s'inspirer de Dickens avec un charmant esprit méri-

dional, mais sans qu'un Anglais reconnaisse
en lui de l'humour. Et quand Léon Daudet
a voulu faire du Swift, il a pu se révéler
styliste et polémiste, mais non humoriste.
Or Dickens a peut-être exercé une influence
sur les débuts d'Anatole France, mais je ne
crois pas que France en ait jamais fait, ni
de Sterne ni de Swift, une de ses lectures
habituelles, ni surtout qu'il ait eu le dessein
formel de les transposer en français. Il a
réalisé le miracle d'être un bon humoriste
sans un grain d'anglomanie, sans même qu'on
puisse soupçonner en lui le moindre anglicisme
Il s'est imposé aux Anglais, avec son côté de
nature humoristique, sans faire vers eux un
de ces pas que multiplient fièvreusement
les générations d'aujourd'hui.

J'imagine que le plaisir, pour un Anglais,
doit être de retrouver en Anatole France,
superposées comme les couches d'un camée
net, volontaire et classique, ou bien empilées,
méconnaissables, et portant un paysage
nouveau comme les couches géologiques,
les épaisseurs même de l'humour. Épaisseurs
qui se confondent avec celles d'une riche
durée, comme sous le pied l'élasticité d'une
pelouse séculaire. Cet humour le XVIIIe siècle

français l'a côtoyé, comme lui-même venait côtoyer notre XVIIIe siècle, mais tous deux restent, malgré tout, séparés, même opposés, et se retrouvent heureusement dans Anatole France, comme un Anglais retrouve en Anjou ou en Touraine un des visages de son passé historique, de son être. Style de durée comme la matinée d'Oxford dont s'enchantait Taine ; laissant pour parler comme Victor Hugo, tomber par terre la *Pucelle* au moment où il écrit la *Vie de Jeanne d'Arc* ; accompagnant Rabelais sur les routes du Midi, vers les jardins du cardinal du Bellay, mais plein de mépris pour les mondes construits contre l'humour, ceux de Port-Royal, de Bossuet, de Rousseau, de Victor Hugo. Notre tradition littéraire tend à distinguer, à opposer l'ironie et la pitié ; l'« esprit » est agressif, corrosif, le sens du ridicule vise à tuer, et Macaulay dans son essai sur Frédéric II, nomme la raillerie de Voltaire l'arme la plus terrible dont aient disposé les hommes. L'humour au contraire vise non seulement à maintenir *pari passu*, mais à fondre en un tout original, l'ironie et la pitié, — et ce sont là précisément les deux muses qu'Anatole France suscite de l'un et de l'autre côté de la destinée humaine. L'humour est une ironie tendre, constructrice, et qui, bien loin de rien détruire, ménage et accroît la vie, la réchauffe sous son haleine, lui donne des couleurs émues, mêle à son sourire moqueur un peu de cette sympathie qui palpite dans le sourire de la mère à son enfant.

Mais ne le cantonnons pas dans l'humour. Cette Loire qu'est l'humour d'Anatole France roule avec *Sylvestre Bonnard* ou la *Rôtisserie* ses belles eaux pleines de printemps, mais peut aussi se réduire au sable, dont l'*Ile des Pingouins* nous livre l'arène ingrate et sèche. Nous discernons chez Anatole France un fond mauvais, presque infernal : le rêve amoureusement caressé de la charge de dynamite placée un jour — qui sait — pour la faire sauter au centre de la terre ; le flot âcre au sortir duquel *Micromégas*, sinon *Candide*, nous paraît un bienfait et un rafraîchissement. Cela ce n'est plus de l'humour. M. Lewis May, qui goûte médiocrement (et je ne le blâme pas) l'*Ile des Pingouins*, s'imagine que c'est là un des livres de l'auteur les plus populaires en France : il se trompe fort.

Je crains qu'il ne se trompe aussi, quand il refuse de souscrire au jugement d'Anatole France qui voit dans la *Révolte des Anges* la meilleure de ses œuvres. A cet avis du maître je crois bien que je souscrirai. C'est là, je crois qu'il faut chercher de France l'amplitude la plus puissante et la plus aisée, une manière de traiter la poésie miltonienne comme Boileau a traité dans le *Lutrin* celle de Virgile, une miraculeuse moyenne classique entre Homère et Voltaire, le testament clair et profond d'une pensée et d'un art. Oui, si l'œuvre entière d'Anatole France est menacée un jour de sombrer dans le cataclysme qu'il appelle pour l'humanité, si, la mer, ayant tout recouvert, il ne m'est possible, en nageant d'une main, de ne sauver de lui qu'un livre, c'est bien la *Révolte des Anges* qu'au-dessus du flot vous me verrez lever...

TABLE DES MATIÈRES